DISCOURS

PRONONCEZ

DANS L'ACADÉMIE

FRANÇOISE,

Le Jeudi 4. Avril MDCCXLVIII.

A LA RECEPTION

DE M. DE PAULMY

ET

DE M. GRESSET.

A PARIS,

E L'IMPRIMERIE DE JEAN - BAPTISTE COIGNARD,

IMPRIMEUR DU ROI, ET DE L'ACADE'MIE FRANÇOISE.

MDCCXLVIII.

M. DE PAULMY *ayant éte élû par Meſſieurs de l'Académie Françoiſe à la place de feu* M. L'ABBE' GIRARD, *y vint prendre ſéance le Jeudi 4. Avril 1748. & prononça le Diſcours qui ſuit.*

MESSIEURS,

LORSQUE j'ai aſpiré à l'honneur que je reçois aujourd'hui, je me ſuis plus occupé des avantages que je retirerois de votre Société, que de tout ce qui me manque pour mériter d'y être admis. C'eſt, MESSIEURS, un ſi noble intérêt qui m'a fait vain‗cre ma juſte défiance, & qui m'a encouragé à vous demander vos ſuffrages.

Les talents les plus applaudis & les plus dignes de l'être, le goût le plus ſûr & le plus délicat, voilà les deux qualitez auxquelles on reconnoît tous ceux qui composent cette illustre Compagnie.

L'Académie offre des Maîtres dans tous les genres de Littérature ; des Historiens élégans sans affecta-tion , méthodiques sans fécheresse , exacts , mais toujours intéressans , capables, même en se renfer-mant dans les bornes les plus étroites de l'abrégé, de ne rien négliger de ce qui caractérise les siécles & les hommes qu'ils ont à peindre ; des Poëtes di-gnes des beaux jours d'Athènes & de Rome ; des Orateurs dont la gloire durera autant que les véritez qu'ils nous ont annoncées ; des Traducteurs égaux à leurs modéles ; des Sçavans enfin à qui l'étude des Sciences les plus difficiles & les plus abstraites n'ôte rien de la facilité du style & des graces de l'imagina-tion.

A côté de ces grands Maîtres, on voit assis des Juges éclairez dignes d'être associez à la gloire de ceux qu'ils aident de leurs conseils , & que même quelquefois ils instruisent. L'Académie fait mar-cher d'un pas égal l'homme de talents & l'homme de goût ; mais à quel degré de perfection n'est-il pas nécessaire de porter cette derniere qualité pour mé-riter d'y être reçû à ce seul titre ? Suffiroit-il d'ad-mirer les chef-d'œuvres de l'Eloquence & de la

Poëfie, d'eftimer & de rechercher ceux qui les pro-
duifent ? Non, MESSIEURS, ce n'eft là que payer
un tribut que le mérite eft en droit d'exiger de tout
le monde. En rendant cet hommage, on évite feulement la honte que l'ignorance entraîne après elle ;
mais on n'a point de droit à la récompenfe : elle
n'eft dûe qu'à celui qui poffède ce goût judicieux,
capable d'un examen également prompt & folide,
que le faux brillant ne peut jamais féduire, qui non
content de connoître les effets de l'art, fçait en
pénétrer tous les fecrets ; qui peut rendre compte
du fentiment qu'il éprouve, & développer les caufes
qui l'ont fait naître : enfin qui, par l'habitude con-
tractée avec les grands modéles, s'eft rendue propre une portion de l'éloquence dont vous êtes
les dépofitaires & les organes ; de cette éloquence
également utile à l'homme de Lettres, à l'homme
du monde, & à l'homme d'Etat : elle fournit au
premier tous les traits qui lui font néceffaires dans
quelque genre qu'il s'exerce. L'homme du monde
fait plus fouvent que l'on ne croit, ufage de l'éloquence ; il en a une qui lui appartient finguliére-
ment, mais qui dans le fond fuit les mêmes régles
que celle de l'homme de Lettres. Expliquer fes idées
avec netteté, les enchaîner avec ordre, obferver

toujours une méthode exacte, dont on cache le principe & dont on ne laisse voir que les effets, plaisanter avec grace, critiquer avec délicatesse ; parler des choses sérieuses & importantes avec dignité, & des autres sans bassesse, n'est-ce pas là ce qui caractérise l'éloquence de l'homme du monde ? Elle est un de ses principaux agrémens ; elle devient dans l'homme d'Etat un mérite du premier ordre : soutenir par ses discours la majesté de son Prince ; rendre avec clarté, force & noblesse, les ordres dont on est honoré ; mettre en œuvre le grand art de la persuasion pour resserrer des nœuds déja formez & en former de nouveaux, pour échauffer les amis, gagner les indifférens, ramener les ennemis, telle est l'éloquence employée par l'homme d'Etat.

Il est un autre art qui vous est également soumis, & qui a en effet avec le premier de si grandes relations, qu'il doit nécessairement reconnoître la même autorité ; on trouve dans l'un le germe & les premiers élémens de l'autre. L'Orateur sçait employer les mots & en former les phrases dont l'assemblage compose le discours, mais il faut que le Grammairien les lui fournisse, c'est même à lui de déterminer leur vraie signification, & d'appliquer chacun à l'idée qui lui est propre ; quelle étendué de talents & de connoiſſances n'exige pas cé travail ? Quiconque l'entreprend ne doit-il pas joindre la préciſion à la ſagacité, la ſcience profonde de l'antiquité & l'étude la plus aſſidue des Langues ſçavantes, à l'uſage du monde & de la Littérature moderne ? Fixer le ſens des mots, c'eſt diſtinguer toutes les idées ; M. l'Abbé Girard à qui j'ai l'honneur de ſuccéder, eut la force de ſe conſacrer à une étude ſi pénible, & le mérite d'y réuſſir.

Le Livre des Synonimes, fruit du travail de la plus grande partie de ſa vie, fut reçû du public avec applaudiſſement & procura à ſon Auteur une place parmi vous ; ſi la récompenſe fut éclatante & flatteuſe, quel ouvrage dans ce genre la mérita mieux ? Nier preſqu'abſolument qu'il y ait des Synonimes dans notre Langue, & pour appuyer ce ſentiment, entrer dans la diſcution de tous les mots que l'on pourroit regarder comme ayant la même ſignification ; remonter à leur origine, rechercher leur uſage, en obſerver & en relever tous les abus, en diſtinguer enfin & en déterminer le véritable ſens, quelle entrepriſe ! M. l'Abbé Girard l'exécuta, & l'on ne peut lire ſon Ouvrage ſans être convaincu que l'art du langage, ainſi que la nature, eſt varié à l'infini, & que ſi tant de gens admettent un fi grand nombre de Synonimes, le défaut feul de lumieres ou d'attention, les empêche de reconnoître les nuances délicates qui diftinguent les diférens termes. M. l'Abbé Girard travailla jufqu'à la fin de fa vie dans un genre où il s'étoit fait tant d'honneur, on retrouve dans fon dernier Ouvrage un Maître confommé dans l'art dont il donne des leçons. A l'étendue des connoiffances & aux qualitez de l'efprit qu'il réuniffoit, il joignoit la probité la plus exacte, & l'attachement le plus inviolable à fes devoirs, avantages effentiels dans toute fociété, & que votre illuftre Fondateur jugea auffi néceffaires que les talents même.

Le Cardinal de Richelieu, fublime & hardi dans fes idées, qui poffeda dans un degré fupérieur le mérite le plus grand d'un homme d'Etat, cet efprit de fuite qui jamais n'abandonne un projet parce qu'il eft difficile, mais qui s'attache à triompher des difficultez dès que la gloire ou l'utilité de fa patrie y eft intéreffée, comprit que la France, féconde en Héros, devoit l'être auffi en Ecrivains habiles, & qu'à la gloire de faire de grandes chofes, il falloit joindre celle de les rendre dignement.

Il n'appartenoit qu'à un génie du premier ordre de concevoir le deffein de former & d'aggrandir

l'efprit

l'efprit de ſes Concitoyens , & de leur choiſir des modéles & des maîtres auſſi capables de leur apprendre l'art de penſer avec juſteſſe , que celui de s'exprimer avec élégance.

A l'un des plus grands Miniſtres que la France ait eû, ſuccéda un des plus dignes Chefs de la Juſtice : il étoit confondu parmi vous ; on le vit à votre tête ; il avoit prouvé par ſon exemple , que dans quelque rang que l'on puiſſe être placé , on doit toujours ſe faire honneur du titre d'homme de Lettres & de celui d'Académicien ; les Muſes le récompenſerent de la juſtice qu'il leur avoit rendue , il les protégea.

Un grand Roi daigna prendre ſa place. LOUIS XIV. donnoit à tout ce qui l'approchoit l'empreinte de la grandeur qui lui étoit perſonnelle , il fit naître pour l'Académie un jour plus éclatant & plus lumineux ; le Palais de nos Rois devînt le ſanctuaire des Muſes & la demeure des talents ; auſſi quel Bienfaicteur éprouva jamais de leur part plus de reconnoiſſance ? On les vit s'empreſſer à peindre avec les couleurs les plus vraies , mais en même tems les plus brillantes , ſa fermeté inébranlable , ſa fidélité pour ſes Alliez, l'ordre admirable qu'il établit dans ſon Royaume , la terreur qu'il imprima à ſes ennemis , la gloire enfin qu'il ajoûta pour toujours au nom François.

Le titre de Protecteur de l'Académie est devenu comme un appanage de la Couronne : la fortune des Lettres dans un grand Empire suit presque toujours la destinée de l'Etat Politique. Si l'Académie se maintient dans cette splendeur qu'elle acquit sous LOUIS XIV. c'est que l'héritier de son nom & de ses vertus nous raméne les plus belles années du regne précédent. Police exacte maintenue dans l'Etat; établissemens utiles perfectionnez ou formez; soumission entiere fondée sur l'amour des Peuples bien plus que sur la crainte; tranquillité profonde conservée dans l'intérieur du Royaume malgré la guerre la plus vive soutenue au-dehors ; Provinces conquises avec rapidité; Places forcées qui jusques ici étoient estimées imprénables ; Batailles gagnées en personne, où la valeur des François a été redoublée par la présence de leur Maître , tels sont les événemens du regne sous lequel nous vivons : la France s'en glorifie , les autres Nations sont forcées d'y applaudir.

Oserois-je , MESSIEURS , ajoûter quelques traits des qualitez personnelles auxquelles nous devons de si grands avantages , c'est ce que j'ai recueilli de ceux à qui je tiens de plus près , & qui pénétrez de reconnoiſſance & d'admiration, m'ont tant de fois inſpiré les mêmes ſentimens dont je les voyois animez ; grandeur dans les projets, ſageſſe dans les réſolutions, majeſté ſoutenue dans tout ce que ce grand Prince entreprend & exécute, tendreſſe extrême pour ſa Famille, amour vraîment paternel pour ſes Peuples, douceur pour tous ceux qui ont le bonheur de l'approcher, Pere tendre, Maître aimable, grand Roi ; puiſſe-t-il bientôt donner la Paix avec autant de gloire qu'il fait la guerre, & recevoir de l'Europe entiere le même titre qu'il doit à l'amour de ſes Sujets !

M. GRESSET *ayant été élû par Messieurs de l'Académie Françoise à la place de feu* M. DANCHET, *y vint prendre séance le Jeudi* 4. *Avril* 1748. & *prononça le Discours qui suit.*

MESSIEURS,

Le sentiment est trop au-dessus des couleurs qu'on lui prête & de l'art même qui veut le peindre , pour que je puisse me flatter de vous bien exprimer ma reconnoissance ; tous les agrémens , toute la nouveauté , toutes les richesses du discours ne font que l'éloquence de l'esprit : il en est une plus persuasive, plus chere à ma sensibilité , & plus digne de vous : justifier ici vos bienfaits par leur usage, effacer des essais passagers par des travaux durables, voilà, MESSIEURS, le véritable hommage qui vous est dû, l'éloquence du cœur, vos droits & mes engagemens.

Pourrois-je former d'autres projets & d'autres vœux en entrant dans ce Temple de l'Eloquence, de la Poësie, de l'Histoire, de la Science des mœurs, & de tous les arts consacrés à l'instruction & au plaisir de l'esprit humain : Temple immortel où les ta-

lents font encouragés & récompenfés , où la grandeur elle-même , non contente d'être affociée aux
talents , les partage & les embellit : où enfin la cri-
tique , toujours auffi utile que fage , les éclaire & les
perfectionne. A la vûe de ce lieu refpectable & des
noms célébres que préfentent vos Faftes , rapproché
des modéles & des fecours , mes premiers fentimens,
après la reconnoiffance , ne doivent-ils pas être ceux
de la plus noble émulation , & tous mes regards ne
s'arrêtent-ils pas néceffairement fur les exemples illu-
ftres qui m'apprennent l'emploi du temps , fur la néceffité de fe rendre utile à fon fiécle , & fur la gloire
d'apprendre à la poftérité qu'on a vécu.

Tels furent , Messieurs , & les principes & les
exemples de l'homme eftimable que vous venez de
perdre ; toute fa vie fut appliquée , remplie , & digne
de fes modéles : né avec un efprit facile & fécond ,
un talent heureux pour la Poëfie , une ame faite pour
faifir & peindre les idées élevées & les fentimens no-
bles , un jugement toujours maître du talent , Mon-
fieur Danchet avoit joint à ces dons de la nature tous
les fecours de l'art , toute la culture de l'étude & de
la réflexion , les richeffes des Mufes d'Athènes & de
Rome , & tous les nouveaux tréfors dont le Parnaffe
de l'Europe eft enrichi depuis la fin des fiécles barba-

res & la renaiſſance des Lettres ; inſtruit , formé par les oracles de la Poëſie, rempli de leurs beautés , ani-mé de leur eſprit , il mérita de parler leur langue , & de partager leurs lauriers.

Je ne m'arrêterai point à caractériſer ſes differens Ecrits , ni à rappeller le ſuccès des Tyndarides , de Cyrus , de Nitétis, couronnés pluſieurs fois ſur la Scéne Tragique , & le rang diſtingué qu'Héſione , Tancréde , & les Fêtes Vénitiennes tiendront tou-jours ſur la Scéne Lyrique ; c'eſt aux ouvrages à parler de leur auteur ; tout autre témoignage eſt ſuſ-pect ou ſuperflu. Mais il eſt un tribut plus cher que je puis payer à la mémoire de M. Danchet avec toute l'autorité du témoignage public & avec cette ſatisfa-ction du cœur , qui accompagne la vérité ; un tribut dont je ne dois rien omettre pour ſa gloire & celle des talents même ; un titre plus honorable que les ſuccès & que le frivole mérite de n'avoir que de l'eſ-prit , un éloge fait pour intéreſſer également & ce-lui qui le donne & ceux qui l'écoutent : avantage bien rare pour la louange !

Ce n'eſt pas ſeulement , MESSIEURS , à l'idée gé-nérale d'une franchiſe reſpectable , d'une probité ſans nuages , & d'une conduite ſans variations que je viens rappeller votre ſouvenir pour peindre tout le mérite

de fon ame : je n'ai nommé là que les vertus & les devoirs qu'il partageoit avec tous les véritables honnê-
tes-gens , il n'avoit d'amis qu'eux , il ne pouvoit reffembler à d'autres ; mais pour y joindre des traits plus
perfonnels : un mérite dont il faut lui tenir compte ,
un avantage qu'il emporte dans le tombeau , c'eft de
n'avoir jamais deshonoré l'ufage de fon efprit par au-
cun abus de la Poëfie , caractère fi rare dans l'art dan-
gereux qu'il cultivoit , & où le talent ne doit pas être
plus eftimable par les chofes même qu'il produit ,
que par celles qu'il a le courage de fe refufer. Inftruit
dès fa jeuneffe & convaincu toute fa vie que la Poëfie ne doit être que l'interpréte de la vérité & de
l'honneur , la langue de la fageffe & de l'amitié , & le
charme de la fociété , il ne partagea ni le délire ni
l'ignominie de ceux qui la profanent : au-deffus de
cette lâche envie qui eft toujours une preuve humi-
liante d'infériorité : ennemi du genre fatyrique, dont
l'art eft fi facile & fi bas : ennemi de l'obfcénité dont
le fuccès même eft fi honteux ; inacceffible à cette
aveugle licence qui ofe attaquer le refpect dû aux
Loix, au Thrône, à la Religion, audace dont tout
le mérite eft en même-tems fi coupable & fi digne de
mépris : incapable enfin de tout ce que doivent in-
terdire l'efprit fociable, la façon noble de penfer ,

l'ordre, la décence & le devoir, ſes Ecrits porterent toujours l'empreinte de ſon cœur.

Malgré l'opinion preſque générale, il n'eſt pas toujours vrai qu'on ſe peigne dans ſes ouvrages. Il eſt aiſé d'être le panégyriſte de l'honneur, l'organe des ſentimens vertueux, & l'orateur des mœurs ; mais quand on parcourt l'hiſtoire de la Poëſie, on a quelquefois le regret de trouver les plus belles maximes en contradiction avec la vie de leur déclamateur, & l'élévation des préceptes dégradée par la baſſeſſe des exemples : telle a été la malheureuſe deſtinée de quelques Ecrivains, qui ne prétendoient qu'à la célébrité, & qui n'ont ni connu ni mérité l'eſtime.

·La mémoire de M. Danchet n'a rien à craindre d'un ſemblable reproche. La candeur, la raiſon & la nobleſſe que reſpirent tous ſes ouvrages, font l'hiſtoire de ſa vie : heureux en la perdant d'obtenir les regrets ſincéres de tous ceux qui l'ont bien connu : heureux d'avoir uni à ſes talents tous les titres de l'honnête-homme & du ſage, & d'avoir toujours mis avant le vain bruit de la renommée, le ſoin de s'immortaliſer dans l'eſtime publique.

C'eſt votre ouvrage, Messieurs, ce ſont vos biens que je viens d'expoſer à vos yeux, en parlant de ſon cœur & de ſes vertus. C'eſt par les principes

invariables

invariables de cette illuftre Compagnie, qu'il avoit cultivé, enrichi, perfectionné un naturel fi heureux, & fur-tout l'efprit d'union, de déférence & de focié- té, ce caractère fi effentiel à la République Littéraire & dont vous donnerez toujours le modéle : caractère de nobleffe & de vérité, de force & de lumiere, qui ne connoiffant ni les honteufes inquiétudes de la jalou- fie, ni les intrigues de la vanité, ni le tourment de la haine, ni la baffeffe de nuire, reçoit & donne avec droiture tous les fecours de la confiance, tous les con- feils du goût, tous les jugemens de l'impartialité : ne voit point un ennemi dans un concurrent : applau- dit tout haut aux vrais fuccès, fans fe réferver à les dé- primer tout bas, & ne cherche que le bien, le pro- grès, & l'embelliffement des Arts.

Voilà, Messieurs, l'efprit refpectable qui vous anime, voilà les loix & l'appui, ainfi que les premiers fondemens de l'Académie Françoife. En ouvrant fes Annales, monument de la vertu ainfi que de la gloire littéraire, on voit avec un fenti- ment de plaifir qui n'échappe point aux ames géné- reufes, on voit, dis-je, que l'Amitié éclaira la naif- fance de l'Académie. C'eft fur une fociété choifie de Sages, qui s'aimoient & s'inftruifoient récipro- quement, que le Cardinal de Richelieu, ce vafte &

C

profond génie, à qui rien n'échappoit. de tous les moyens d'illuftrer un Empire, conçût le plan de cet établiffement fi honorable à fa mémoire, & fi utile aux Lettres & à la France.

A ce fpectacle, Messieurs, au fouvenir de votre origine, frappé de tout l'éclat de ce moment illuftre le premier d'une carriere immortelle, je me plaindrois de l'infuffifance de l'art à rendre en ce jour d'auffi brillantes images, & fur-tout à peindre dignement les traits des deux premiers Protecteurs de l'Académie, fi leur jufte éloge ne venoit de vous être tracé en ce moment, par un homme né pour parler des hommes d'Etat, pour leur reffembler, pour leur appartenir par les talents comme par la naiffance, & né également pour appartenir aux Lettres & aux Arts, par un goût héréditaire.

Affez d'autres, en rendant hommage à l'Académie dans un jour femblable, ont vanté, plus heureufement que je ne pourrois faire, fa fondation, fes accroiffemens, fes ouvrages immortels & fes autres attributs. Pour moi, Messieurs, fi l'honneur de vous appartenir me donne quelque droit de vous rendre compte de moi-même, j'avouerai que toujours indigné des inimitiés baffes, & des divifions indécentes dont l'empire des Lettres eft quelquefois

agité : pénétré de vénération pour les exemples con-
traires que préfente l'Académie, j'ai cru ne pouvoir
mieux fatisfaire au tribut public que je lui dois ,
qu'en m'attachant à faire remarquer & refpecter cette
heureufe amitié, partie fans doute la plus intéreffante
de vos Faftes, puifqu'elle eft l'hiftoire de la vertu ,
& que la vertu, dans l'ordre du bonheur public ,
marche avant les talents.

Cette union qui en affûrant vos progrès préfa-
geoit toute votre gloire, attira plus particulierement
fur vous l'attention du Souverain. LOUIS XIV
aux noms fublimes de Conquérant & de Monarque,
voulût joindre le titre de votre Protecteur. Et qui
peut douter que le fentiment généreux de la confiance & ce concours de forces & de clartés toujours
réunies par l'amour de l'intérêt commun , n'ayent
heureufement contribué aux progrès particuliers de
tant de grands hommes , qui ont illuftré le dernier
régne & la Nation, & porté à un fi haut degré de
fplendeur l'Eloquence & la Poëfie, ainfi que la pu-
reté, l'énergie & l'élégance de la langue Françoife,
devenue par eux la Langue de l'Europe. Différens
dans leurs genres , mais placés dans la même carrière, rivaux fans divifions , concurrens dignes de
s'eftimer, fimples & modeftes parce qu'ils étoient

C ij

vraiment grands ; les Corneille, les Boffuet, le
Racine , les Fenelon , les La Fontaine ; les Def-
préaux , les Fléchier , les La Bruiére, furent toujours les exemples de ce caractère d'égalité & d'union
qu'ils vous ont tranfmife : pourrois-je ne point leur
affocier dans cet éloge leur contemporain , leur ami,
leur rival , que nous avons la douceur de voir ici,
cet Homme adoré de leur fiécle & du nôtre , modéle comme eux d'une vie rendue conftamment
heureufe par la raifon , les graces & la vertu : d'une
vie qui ne peut être trop longue au gré de nos défirs
& pour notre gloire.

Que ces Hommes divins qui ont éclairé le fiécle
que je viens de louer en les nommant, fervent pluftôt
à l'émulation qu'au découragement du nôtre , &
que tous ceux qui cultivent les Lettres , apprennent,
MESSIEURS , par les exemples qu'ils ont reçus de
vous , & qu'ils en recevront toujours , qu'il eft dans
tous les temps de nouveaux lauriers.

Pour nous élever au grand , dans quelque genre
que ce foit , ne partons point de l'humiliant préjugé,
que nous fommes déformais réduits au feul partage
d'imiter , & au foible mérite de reffembler ; les progrès de la raifon , des talents & du goût , loin de mar-
quer les bornes de l'art aux yeux des ames fupérieures,

ne font pour elles que de nouveaux degrés d'où elles ofent s'élancer : des Aftres ignorés , un nouveau monde inconnu à l'Antiquité , n'auroient point été découverts dans les deux fiécles qui précédent le nôtre , fi cette courageufe émulation n'avoit tracé la route. Par quel afferviffement défefpérerions-nous de voir éclore de nouveaux prodiges de l'efprit humain , de nouveaux genres de beautés & de plaifirs , de nouvelles créations ? Le Génie connoît-il des bornes ? Attendrions-nous moins de fon empire illimité que des combinaifons de la matiere , qui toute bornée qu'elle eft par fon effence , eft fi riche, fi inépuifable dans les formes qui la varient fucceffivement ? D'autres hommes ont vécu : nous qui les remplaçons, qui ne marchons que fur des ruines , ne voyons-nous pas le fpectacle de l'univers toujours nouveau au milieu même des ruines qui le couvrent ? Les découvertes inefpérées , les événemens les plus imprévûs, les objets les plus frappants font-ils refufés à nos regards ? de nos jours une ville entiere du nouveau monde vient de difparoître dans la profondeur des mers , nulle trace ne laiffe foupçonner qu'elle ait exifté ; une autre ville de notre Hémifphère, cachée aux regards du Soleil depuis dix-fept fiécles, fort de fon tombeau , revient à la lumiere , nous offre fes monumens : & pour rappeller des traits plus intéreffants ; nos jours n'ont-ils pas vû l'heureufe expérience aller aux extrémitez de la terre interroger la nature & dévoiler des myftères ignorés des autres fiécles ? Si après une auffi longue durée de ce glôbe que nous habitons , la nouveauté peut encore régner fur les êtres matériels malgré leurs limites , quelle étendue , quelle fupériorité de puiffance n'a-t-elle pas encore fur les productions , l'effor & les fuccès de la raifon & de l'efprit , fur-tout dans la carrière immenfe de cet Art créateur , qui fçait franchir les barrières du monde ?

Les efprits frivoles & fuperficiels défavoueront mon efpérance , les efprits foibles & timides ne s'éléveront pas jufqu'à elle ; c'eft au génie qu'appartient le droit d'accepter l'augure & l'honneur de le juftifier.

Quelle époque plus favorable pour former cet heureux préfage , qui m'eft bien moins fuggeré par le téméraire efpoir de le remplir que par mon amour pour les Arts & par ceux qui m'écoutent , & le temps où je parle. Quelle plus vafte & plus brillante carrière pour l'Hiftoire , l'Eloquence & la Poëfie ; qu'un régne qui leur offre tant de gloire & de grandeur à immortalifer !

Que pourrois-je ajoûter, Messieurs, à la force & à la vérité des traits fous lefquels on vient de vous offrir l'image de votre augufte Protecteur? Vous y avez admiré la valeur & la victoire unies à la modération & à l'amour de la Paix : la Royauté parée de toutes les caractères qui font le pere de la Patrie : l'Humanité enfin avec tous les titres du Sage & de l'homme adoré. Après ce tableau fi reffem-blant, où ma foibleffe n'auroit pû s'élever, qu'il me foit feulement permis pour l'honneur des beaux Arts, de rappeller & d'éternifer ici les bienfaits dont le Sophocle de notre âge vient d'être honoré.

Puiffent nos travaux immortalifer les fentimens d'admiration, de refpect & d'amour, dont nous fommes pénétrés pour notre Monarque augufte! la poftérité célébrera comme nous fes vertus : & dans les fiécles fuivants, tous ceux qui, dans un jour fem-blable, rendront ici comme moi leur premier hom-mage à l'Académie, en nommant fes Protecteurs, s'arrêteront avec complaifance fur l'éloge d'un Souverain, qui n'aura jamais été loué que par la vérité.

RÉPONSE de M. DE BOZE aux Discours prononcez dans l'Académie Françoise, par M. DE PAULMY, & par M. GRESSET, le jour de leur réception.

MESSIEURS,

IL est rare de voir deux Elections aussi paisibles & aussi unanimes que les vôtres l'ont été ; mais elles le seront toujours quand elles se trouveront de même guidées ou prévenues par la voix publique.

* M. le Marquis de Paulmy. Elle nous a dit, MONSIEUR, * soit pour écarter l'idée de votre jeunesse, soit pour vous en faire un mérite, que dès le moment de votre naissance, vous avez appartenu autant aux Lettres qu'à l'Etat; que dans le sein d'une famille souverainement amie des Muses, & singulièrement dévouée au bien de la Patrie, l'envie de sçavoir & le desir d'être utile, furent les premiers sentimens qui se développèrent en vous, & qu'ils hâterent tellement vos progrès, qu'à un âge où le commun des hommes finit à peine de légères études, vous exerciez déja un ministère public dans le Tribunal où se portent, s'instruisent & se jugent les premieres contestations de nos citoyens. Que de-

là

là paſſant en différentes Cours de l'Europe pour les connoître par vous-même, la réputation qui vous y avoit devancé, s'étoit accrue de tout ce que les graces, la politeſſe, la douceur & la facilité des mœurs, ajoûtent aux qualitez du cœur & de l'eſprit. Que dans le cours de ces voyages, pluſieurs Académies s'empreſsèrent d'inſcrire votre nom dans leurs Faſtes, & que celle de Berlin vous ayant adopté par voye d'acclamation, vous y prononçâtes dans une aſſemblée publique que la Famille Royale honora de ſa préſence, un Diſcours ſur l'utilité des adoptions littéraires, qui fut extrêmement applaudi, & loué ſurtout par ce ſage & vaillant Monarque, qui à la fleur de ſon âge, eſt depuis long-tems le Mars & l'Apollon du Nord.

Préſenter à l'Académie Françoiſe des titres ſi chers à ſon eſpérance, c'eſt être ſûr d'en enlever rapidement le ſuffrage; les avoir accumulez de ſi bonne heure, c'eſt avoir ſoumis la Nature aux efforts du génie & de la vertu.

J'oſerai pourtant le dire, MONSIEUR, & vous n'en rougirez point; vous aviez encore auprès de nous une ſollicitation puiſſante, le ſouvenir de votre illuſtre aïeul, qui devenu Garde des Sceaux & Controlleur général, ſouhaita la premiére place que nous eûmes à donner, & qui avoit, diſoit-il, attendu que

D

la fortune l'eût élevé au faîte des grandeurs, pour leur assurer par cette alliance intime avec nos Muses, une durée supérieure à la faveur des Princes, & à la vicissitude des choses humaines.

Comment ses vœux n'auroient-ils pas été satisfaits ? Il combloit les nôtres, il ressuscitoit dans l'Académie les Séguier & les Colbert qu'il rendoit à l'Etat; il fut donc élû avec la même unanimité que vous venez d'éprouver; mais de fortes raisons attachées aux circonstances du tems qu'il est aisé de se rappeller, engagèrent l'Académie à le dispenser du cérémonial ordinaire des réceptions, & à lui permettre de venir s'asseoir parmi nous tel jour d'assemblée qu'il lui plairoit. Il marqua une extrême sensibilité pour ce ménagement qui étoit en effet une grace singulière, & l'empressement qu'il eut d'en joüir, nous donna un spectacle plus singulier encore.

Les trente années qui se sont écoulées depuis, & l'absence de nos deux plus anciens Confrères, m'ont laissé le seul témoin vivant de ce Phénomène Académique, dont le détail doit être intéressant pour vous, & que personne, je crois, ne trouvera étranger au sujet qui nous rassemble.

Peu de jours après la délibération, M. d'Argenson Garde des Sceaux, qui ne nous avoit point averti, qui ne s'étoit seulement pas fait annoncer, entra ici au commencement de notre travail, qu'il parut ne venir interrompre qu'un inftant pour embraffer *fes amis & fes maîtres*, ce furent fes termes : Mais la converfation qui fe faifoit debout, s'étant infenfiblement animée : *Il y a*, dit-il, avec des yeux pleins de feu, *il y a des tentations aufquelles il eft beau de fuccomber ; les affaires dont je fuis furchargé n'en fouffriront point, & nous facrifierons un peu aux Mufes, fi vous voulez bien reprendre vos places*. Il fe mit à la dernière, celle que vous occupez préfentement, MONSIEUR, & de-là, comme d'une fource abondante & trop long-tems retenue, fe répandit tout ce qu'une ingénieufe reconnoiffance peut infpirer de plus affectueux & de plus éloquent ; il joncha de fleurs le tombeau de M. l'Abbé d'Eftrées à qui il fuccédoit ; il envia le bonheur du Chancelier Séguier, qui pour avoir dignement rempli les devoirs d'un confrère zélé, avoit mérité d'être regardé comme le fecond Protecteur de l'Académie ; ce qu'il dit du Cardinal de Richelieu, étoit moins le tableau de fon miniftère, que le portrait même de fon Génie, s'il m'eft permis de rendre ainfi l'impreffion qui m'en refte ; il parla en homme infpiré de la félicité que nous promettoit & qu'étendroit au-delà du fiécle, le nouvel aftre qui s'élévoit fur nos têtes ; il prédit que l'amour des Peuples feroit la bafe de tous les trophées que lui confacreroient l'Hiftoire, l'Eloquence & la Poëfie; & nous ramenant ainfi à nos occupations courantes, il nous fit mille remarques curieufes fur l'étendue & la beauté de la Langue Françoife; il obferva, entr'autres, que les Grecs s'étoient repofez du fort de la leur fur fa douceur naturelle, & fur l'imagination vive, tendre & féconde de ceux qui la parloient; que celle des Romains n'ayant pas le même avantage, ils avoient tâché d'y fuppléer par la plénitude & la majefté des fons, par le tour & la fymmétrie de leurs périodes, & même par leurs conquêtes, puifqu'ils impofoient aux vaincus la néceffité de s'en fervir dans tous les actes publics & particuliers; que les foins de l'Académie Françoife avoient été plus heureux, que fentant ce qui avoit manqué à l'un & à l'autre Peuple pour l'accompliffement de fes vûes, elle s'étoit attachée à joindre aux agrémens du langage, une élégance, une précifion & une clarté qui ne fe trouvant dans aucune autre langue vivante, avoient enfin dompté la jaloufie des Nations, & dévoilé aux yeux de l'Europe devenue moins barbare, le fyftême innocent d'une efpèce de Monarchie univerfelle.

Me ferois-je trompé? une anecdote qui touchoit de fi près à l'oubli, un fait auffi honorable pour l'Aïeul que pour l'Académie, eft-il déplacé dans la réception du petit-fils? Et ce récit tout fimple, tout foible qu'il eſt , ne peut-il pas encore porter dans les cœurs les moins ſenſibles, quelque étincelle de la paſſion dont vous brulez déja , MONSIEUR , pour une gloire ſolide & durable ; de ce goût dominant pour les Lettres que vous avez toujours ſçû allier aux devoirs les plus ſérieux ; de cette éloquence enfin , que vous venez encore de ſignaler avec tant d'éclat ?

Si je me propoſois uniquement d'exciter votre émulation par la force des exemples domeſtiques , vous jugez bien que je m'arrêterois à ceux que le Ciel vous a heureuſement conſervez , à ces hommes rares, aux pieds de qui vous irez dans un moment dépoſer les lauriers qu'ils vous ont appris à cueillir ; ils nous admettront déſormais au partage de cette moiſſon brillante , & ſoit que vous continuiez à vous diſtinguer ſous leurs yeux , ſoit que pour l'honneur & l'avantage de la Patrie , vous alliez au loin ſoutenir ſes droits par la ſolidité des raiſonnemens jointe aux charmes de l'expreſſion , vos ſuccès ſeront les nôtres , vous vous ſouviendrez que vous êtes venu remplacer ici un Académicien qui renfermé en lui-même , s'étoit occupé toute ſa vie à connoître & à expoſer les véritables principes de l'art de la parole , à en démêler les nuances les plus fines & les plus délicates , & à rappeller à des règles certaines ce que le vulgaire ignorant ne traite que d'uſage bizare. Le peu de tems

que nous avons poſſédé M. l'Abbé Girard; nous l'a
toujours montré auſſi eſtimable pour la douceur & la
ſûreté de ſon commerce, que pour l'importance de
ſes Ouvrages, dont vous avez fait une ſi judicieuſe
analyſe.

*M. Greſ-
ſet.

VOUS, MONSIEUR *, à qui l'Académie vient
auſſi de déférer tout d'une voix, une ſucceſſion que
le Public réclamoit pour vous; ſi le droit que vous y
aviez, n'eût pas été ſuffiſamment établi par tant de productions honorées du ſuffrage de la Cour & de la
Ville, l'élégance & la dignité de votre remerciment
juſtifieroient ſeules notre choix. Mais entre les beau-
tez dont ce Diſcours brille, s'il en eſt qui nous tou-
chent, qui nous affectent par préférence, ce ſont cer-
tainement celles dont vous avez orné l'éloge de M.
Danchet, Académicien aſſidu, zélé, vertueux, pour
qui notre eſtime & notre amitié ne différoient de ce
qu'on appelle communément vénération, qu'en ce
que nos égards pour lui étoient plus naturels, plus
continus, & par-là peut-être moins ſenſibles; Homme
dont les Ouvrages avouez par les Graces, tantôt naï-
ves & riantes, tantôt graves & auſtères, étoient toujours auſſi ſenſez que faciles & aimables; qui dans le
cours d'une longue vie, & le plus long exercice de la
Poëſie, ne l'avoit jamais armée des traits de la ſatyre,

moins encore souillée par l'indécence & l'obscénité, ou profanée par l'irréligion ; à qui enfin, ce que des Muses perfides avoient jamais crû pouvoir reprocher de plus fort, étoit que son extérieur annonçoit trop l'innocence & la candeur de son ame.

Il falloit pour apprécier ses talents, & les mettre dans leur vrai jour, quelqu'un qui comme vous, MON-SIEUR, se les fut véritablement rendus propres ; & il n'y avoit aussi que des sentimens semblables aux siens qui pussent les rendre comme vous les avez rendus.

Sans ce concours si désirable, sa place, il est vrai, ne seroit plus vacante, mais notre perte ne seroit qu'imparfaitement réparée, car ce n'est pas l'esprit qui manque à ce siécle, tout le monde se pique d'en avoir, & presque tout le monde en a, suite naturelle des excellens modèles en tout genre que nos Prédé-cesseurs nous ont laissez : Heureux ! si avec cette fi-nesse de goût, & cette élévation de génie qui en font le principal caractère, ils avoient pû nous transmet-tre les qualitez personnelles qui les rendoient eux-mêmes encore plus dignes d'admiration que les chef-d'œuvres qui sortoient de leurs mains.

Pleins de l'objet qui avoit rassemblé leurs premiers Confrères, ils avoient l'art de désarmer l'envie, mê-me en excitant la plus vive émulation, & fidéles aux vûes du grand Armand qui avoit donné des loix à

leur Société naiffante, leur principale attention étoit
de refferrer de plus en plus des nœuds formez par la
vertu.

Oüi, MESSIEURS, n'en doutez point, ce fut la
vertu qui conduifit nos Müfes aux pieds du Trône,
qui les fixa dans ce Palais, qui leur valut la protection
immédiate de LOUIS LE GRAND, & les rendit dépofitaires d'une partie de la gloire qu'il répandoit fur
toute la Nation. Que n'y a point ajoûté fon augufte
Succeffeur, le meilleur des maîtres, & le plus grand
des Rois! Envain pour le féduire, la Victoire elle-
même eft venue plus d'une fois lui ceindre le front
d'un laurier échappé à tous les defirs de fon immortel Bifaïeul, fes ennemis vaincus n'ont éprouvé que
fa clémence & fes bienfaits, ils ont reçu dans fon
propre Camp des fecours & des foins qui leur auroient
manqué par-tout ailleurs : Que n'y recevoient-ils
auffi la paix qu'il ne ceffoit de leur offrir! Mais elle
l'accompagne toujours; & quand il fe difpofe à leur
faire entendre fa voix de plus près, efpérons tout des
entreprifes d'un Héros qui n'en mefure la grandeur
& le péril, qu'à fon amour pour la juftice, & à fa ten-
dreffe pour des Peuples dont il eft adoré.